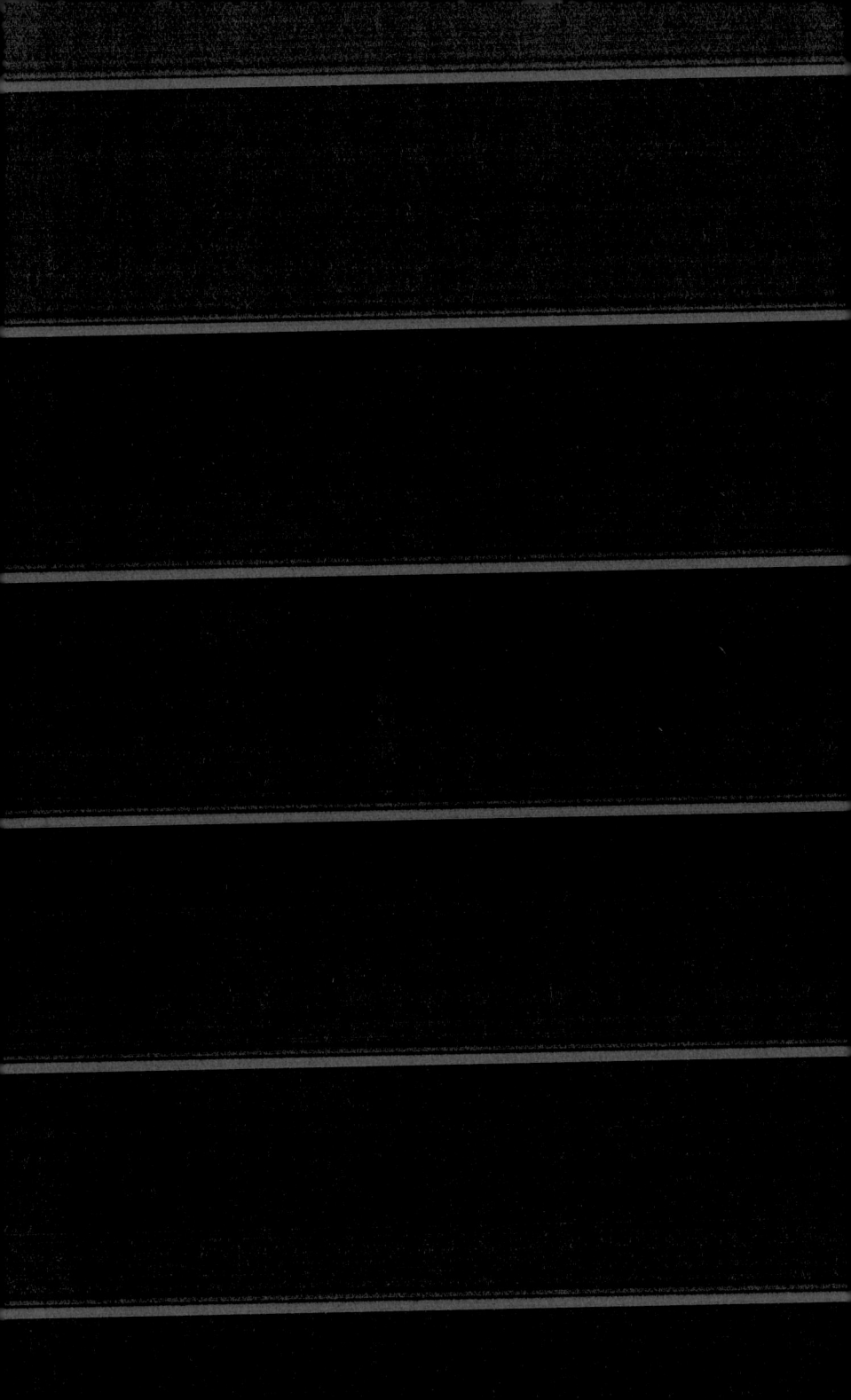

宙《そら》を飛んだ母

大貫喜也

思潮社

宙《そら》を飛んだ母

大貫喜也

思潮社

目次

I

II

装幀＝思潮社装幀室

宙《そら》を飛んだ母

I

永世の平和を目指して

地球上の全人類が一つになれる日を信じよう
たとえ目玉や肌の色が異なっていても
ひとに会ったら　心からのほほえみで優しい言葉を交わし
相手を思いやって　親愛の情を精一杯表わそう

争いを演じたり　異教徒を迫害することのない神にすがろう
地平線から　水平線から　そして山あいからも
変わらずに出現して　万物を慈愛で包み込む
偉大な太陽を尊崇する　原始の姿勢に立ち返ろう

家庭も学園も子供たちに人類愛を授けることを第一義としよう
誰とでも仲良しになれる作法と他を思いやる気持ちを育《はぐく》み
いじめ　引きこもり　果ては自ら命を断つ行為を防ぎ
いつどこででも人権擁護を世渡りの大義としよう

どんなに手ごわい相手をも説得する技を身につけよう
交渉は押して退いてまた押して　どこまでも粘り強く
真心の込もった態度に終始し　信頼を勝ち取り
紛争相手を平和共存の列に取り込もう

民族も国家も単独では存在できないことを自覚しよう
先進国と途上国　富裕層と貧困層の差を縮め
独裁を排除し　すべての国が民主主義の旗印のもとに

支配も従属もまして交戦もなく　平和を国是として共存しよう
平和は自らやってくるものではなく
渇望し　接触し　かつ連れ出してくるもの

地球果実

「地球は青かった」と言ったのはガガーリン
だが　宇宙の果実のような地球がいま内部崩壊の危機に
開発至上主義がもたらした鉛や砒素による土壌汚染　そして
果実の表皮に瘢痕として点在するあまたの廃棄物

更に　その青い果実は徐々に蝕まれて黄褐色に
草の根まで食い尽くす夥しい羊や山羊の群れ
中国北西部からの黄砂が羽根をつけて大量に飛来し
早春の日本列島をすっぽりと覆う

遂に　人類の飽くなき欲望の触手が地球果実の律動を狂わせ
眠りこけていた花蕾が真冬の生暖かい雨に色めき
春暖の唐突な降雪に意気揚々の新芽が萎縮し
相次ぐ豪雨や干ばつの恐怖に人類は青息吐息

そして　人々が忘れかけた頃に勃発するテロの脅威
蘇る「グラウンド・ゼロ」の悪夢
民族の優位志向や信奉する偶像を集団の旗印に
際限なく続く殺し合い　そして資源の蕩尽と文化の破壊

とてつもなく大きい宇宙樹木の枝先で
地球という青い果実が異常な熱気と寒波にあえぎ
自虐のさめ肌を天日《ぴ》にさらしたまま
いとも危うげに　ゆらゆら揺れている

青い季節

それでも若者たちはするりと出て行く
衝動に突き上げられ　生粋《きっ》さに背を押し出されて
明日の運命も分からぬ遥かな紛争地へ
行政官のとげとげしい視線をかいくぐって

ここは不意にテロリストたちが出没する異境の危険地帯
随所に放置されている劣化ウラン弾攻撃の跡
うちひしがれ　ひとの温もりを求め　街頭をさ迷う孤児《みなしご》たち
家族が理不尽な攻撃の巻き添えとなって

とめどなく噴き上げてくる義憤の出水《でみず》
矢も盾もたまらず即応の手話で
語りかける目　そして温湯《とう》のような口調に
子供たちの凍てついた感情が徐々に溶けていって

再入国の途次　覆面の武装グループに突如包囲され
恐怖に目を吊り上げ　釈明に明け暮れる拘束の日々
喉笛切開のこけおどしに耐え　ようやく釈放されて帰国へ
国内のごうごうたる竜巻に戸惑い　重い症候群に

それでも彼の地の民衆を憎めず　真実を掘り起こしたい
民衆とこの災厄を共有したい一心で
日本の若者たちの熱い視線が
今日も　アジアの一角に注がれる

一九九九年を顧みて

迫りくるノストラダムスの予言に
かつて現状認識派たちは恐れおののき
楽天主義者《オプティミスト》たちはそれを聞き流した
テレビ画面のＣＭのように

きみは考えたことがあるのか？
人類の終末の日のことを
手をこまねいておれば運命の日はやってくる
満ち潮のようにひたひたときみの足元に

そして乱層雲のように音もなくぼくらの頭上に

人類破滅の年になるはずだった一九九九年
きみならどうした？
アンゴルモア大王になるのもきみなら
救世主になるのもきみ自身
きみにも是非自覚してほしい
われら六十七億の一人一人が
加害者であり被害者でもあるということを

きみもぼくもこのジレンマに対して
今こそ鉄槌を下さなくてはならない
自然を絞め殺すレジャー開発は　NO
地球を消滅させる核戦争は　NO

資源やエネルギーのがぶ飲みは　NO
まず発展途上国に文化の灯を
そして適正な児童数と健全な育成を
すべては「成長から均衡へ」*の旗印のもと
地球温暖化の元凶二酸化炭素を減らすために
行進曲を静かな曲に　平坦から起伏へ
直線から曲線へ　自然のエネルギーを活用し
銃や弾道ミサイルをトラクターやコンバインに鋳造し
草や木を慈しみ　鳥や動物たちを友に
自然の息吹きの中に悦楽を見つけよう
そして訪れるかも知れない災いを福に転じよう
一九九九年は何事もなかったが――

＊一九七二年、ローマクラブの宣言。

天と地と羊の里

――ルーマニア・北モルドヴァ地方で

行けども行けども山間《あい》の農村地帯
バスはひたすら疾走し続ける
一筋の清らかな渓流沿いを
検証しながら遡上する一群れの鮭のように

藍色の空を区切る丘も斜面も悉《ことごと》く牧草地
単一の原風景が車窓に果てしなく展開し
巨富も没落もありそうにない文明疎遠の
カルパチア山脈の谷間を抜けてバスは山路《じ》へ

登りつめて立ちすくむ緑の中の修道院
外壁を埋め尽くした極彩色のフレスコ画
中世に栄えたモルドヴァ公国の遺産が
いま折からの日に　豪華な宝石となって輝く

相次ぐ文明の衝突も　ここでは無縁の静けさ
若き日に背負い込んだ苦汁のクロスを
さりげなく黒衣《ハビート》に包み　森の精霊とむつみ
朝な夕な　神に祈り神に仕える　修道女たち

意外にも

——台湾の和南寺で

一瞬　ぼくは息をのんで棒立ちになった

み堂に通じる直線道路の両側に点された
おびただしい数のろうそくの灯
灯は晩秋の薄暮の中で
炎の中心を緋色に染めあげて
遠来の客を招く仕草で大仰に揺らめいている

不吉な予感がたちどころに胸中をよぎる

人の後ろに隠れてこわごわ玄関に立つと
上がり口の両側に並び立つ普段着姿のご婦人方
彼女らの満面の笑みにほっとして歩みを進めると
中ほどに法衣姿の愛らしい少年が一人
坊主頭をしてにこやかにほほ笑むのだった

　年端もゆかぬ少年が何ゆえの得度？

すると　彼の少年僧によって案内されたのは
巨大な芸術観世音菩薩が鎮座する仏間
そこで紙片を渡されて願い事を記入せよと言う
仏座の掲示板に「詩運隆盛」の誓願を貼ってもらって

ぼくは黄金の仏像の前で慈悲を請うのだった
帰りはどの人の顔もおだやかになっていた

大草原に溶け込んで

——古都カラコルムへの道

果てしなく展開する草原のど真ん中をバスはひた走り《ばし》に走る
地平線で消える一条の舗装道路を除いては
手付かずの原野のままだ
原始的なたたずまいに好奇心の炎が燃え盛って
地面をしつこくなぞるぼくの目に
踏み付けられてできた道らしき跡が
彼方の天幕《ゲル》の集落に　さらに各戸の前にも
矮小な草黄葉《もみじ》がまばらに生えている広大な草原地帯

右にも左にも稜線を天にくっきり食い込ませた低い山並み
弓幹《ゆがら》のようななだらかな丘陵地を
バスは時に一方への振り子となって突き進む
出遇うのはゆったりと草をはむ羊や馬の群れ

小山脈や麓の草原にさまざまな影絵を描いて
手が届きそうな一枚の蒼天の高みを
綿菓子となった雲の群れがゆるりゆるりと動く
悠久の広野に目を奪われて凝視していると
地面の穴に逃げ込む小型の栗鼠《りす》
遥か彼方には空を舞う一羽の鷹《たか》
突如バスが止まって草原の真っ只中での小休止
――小水を終えたぼくは郷愁に駆られて
雲の行方に右手を高々と上げて草原を走りだした

モンゴル高原の初秋の日はいやに不死身だ
七時を過ぎてもかくかくたる太陽が西の空に突っ張り続け
羊の群れを追い立てる馬上の牧婦が茜色に婉然《えんぜん》と輝く
車内を流れる物語曲に情緒をかき立てられながら
いくつかの丘を越えると茫々とした高原の彼方に
旧都カラコルム[*1]の遺跡が何事もなかったかのように草洋に沈み
その一角にエルデニ・ゾー修道院[*2]の正方形の外壁が出現し
百余の白い仏塔が忽然として現われ天を刺すように映えていた

＊1　かつてのモンゴル帝国の首都で、壮麗な宮殿が軒を連ねた国際都市であったようだ。
＊2　古都カラコルム跡地の一角に、後にできたインド仏教伝来の仏舎利塔で、現在も篤い礼拝の対象になっている。

私の宝

それは形象でないもの　それはぼく自身の感性に焼きついていて
生涯消え去ることのない　温かな残像
ぼくは聖人の出で立ちでも　スポーツマンや芸人でもないのに
降って湧いたような嬉しい出来事

相次ぐ寺院見学に飽《あ》いて　そっと境内を抜け出し
独りパラタサラティ寺院の表通りを歩く
乗ってきたバスの行方を尋ねて
後ろめたいが解放されたさわやかな気分

見慣れない町並みや行き来する人々に好奇の目を向けながら
さっそうと歩道を歩いていると
目の前に唐突に差し出された小さな手
一瞬のちゅうちょ　でもいたいけな子供と分かって
八十路《やそじ》のごつい手で握りしめる
すると　更にちっちゃな手が何のためらいもなしに差し出され
彼等の背後には　サリーをまとった若い婦人が笑いをかみ殺し
横向きに伏し目で突っ立っていた

この国はかつて植民地支配の不当性にあえぎ
無抵抗　非暴力　不服従をモットーに
身を挺して民衆に範を垂れ
独立を勝ち取ったマハートマー・ガンディー翁《おきな》の国
彼の博愛の精神は小さな子供たちにも受け継がれているのだろうか

隣の垣根は低かった

——韓日文人会議に出席して

構えて行ったことがおぞましい程だった
煩わしいことは何一つなかった
朝がくれば　朝鮮半島にも太陽は顔を出し
夜になれば　日本列島と同じ月が空に懸り
地球は一つ　みんな
みんな霊長目ヒト科の同胞を意識させる旅だった

ソウルはニューヨークや東京の一断面
人々のつましい日々の暮らしがあり

儒教を体し　民族の証しを頑なに守る半面
ニューポップスやニューファッションへの若者たちの志向があり
摩天楼が林立し　極彩色に溢れた街
だが忘れてはならない　繁栄の中の幾多の傷跡を
それ等はカプセルに閉じ込められてはいるが
時にぼくの面前に亡霊のように跳び出し
扇動者《アジテーター》となり　声高にののしるのだった

遠い少年の日　毬栗頭《いがぐり》に国防服を纏い
鉄道の一旅客だったぼく
その微かな思い出の糸を紡ぎつつ
更に北への旅は続く
山間《あい》の一角に　色とりどりの屋根の集落があって
柴垣の根元に遅咲きの真紅《しんく》の鳳仙花《ポンソナ》

その傍らに立つチマ・チョゴリ姿の人影
陰画を重ねて見とれていると
突然　ぼくの肩をたたく者がいた
それは堅く白色に凍てついたマローズだった
冷たくとげとげしく　雪豹のように荒々しく
ぼくの心を引っ掻き　ぼくを失神させようとする
そうだ！　ここは三十八度線に近い
ぼくは拒否し　格闘し　危うく虎口を逃れ
再びソウルの街へ

明洞《ミョンドン》街を埋め尽くすおびただしい人々の流れや
大学路《テノハン》広場で楽器を手に　刹那を彩る若者たち
また　それを賞でる大勢の人垣の
屈託のない明るさの表情にきざす黒い影

その影は高層ビルで夜景を楽しむぼくの面前で
みるみるうちに濃密になって広がり
北斗の下のもう一つの都市に思いを馳せるぼくの目を
全くの闇で覆ってしまうのだった

三十五億年かけて進歩した人類の小さな境界《バリアー》よ
小さな諍《いさか》いよ　消えて失くなれ！
北風よほほ笑め！　そして生け垣はいつも短く刈り込んでおこう

地図断想

書斎で、ぼくが額に手をかざし、壁ぎわの書架を熱っぽく
　眺め入ると、
三段目の左端で、あくびをかみ殺していた地図帳が、尻尾
　を振りながら近づいてきて、
乱雑な机上にすとんと座り込む。
すると、好奇心ではち切れんばかりのぼくの感受性は、声
　をふるわせて、ページをめくり始める。
そして脳裏で、緋鯉となって跳びはねる地名に、やや感傷
　的になりながら、

ぼくの知覚は、目当ての獲物を見のがさないように、全神経を集中する。

思えば、四十六億年前、この宇宙空間に、地球がぽっかり出現して以来、
何の制約も受けずに、思いのままに噴出する地下水。
火山噴火のマグマで飛び出し、任意に凝縮する鉱物。
雨滴を寄せ集めて、国境という障壁を力づくで突破し、
滑脱に流れる河川。
そして、紛争など素知らぬ気《げ》に、全く自由に、領空を往来する気流と群《む》ら雲。

遠い昔、北の方では、流氷に乗って、南の方では、椰子《やし》の丸木舟に乗り、

出たとこ勝負で、新天地を目指していた先祖たち。
今は、創意工夫の乗り物で、どの方向にも、帰向すること
はたやすい。
だがその分、行く手に障害が立ちふさがる。
言葉が通じても、真意が伝わらず、
相反する習慣、更に、それぞれの戒律に基づく文化が、と
きに異端を厳しく排除する。

文明開化の進行と共に鈍る、未知の土地への雄飛。
そして、世間を仰天させる、テロリストたちの暗躍。
更に、新たな悪疫に脅かされる、交流と交易。

文明が成熟しても、人が起こした強震で、ゆがんだ断層が
是正されないのは、何故なのか？

＊地図は凝縮されたもう一つの地球だ。それ故、平面図の上で過去を回想し、未来を想定することは、生きる糧になる。

II

宙《そら》を飛んだ母

二階で長いこと臥《ふ》せっていた父がひっそり息を引き取り
気の病で育児は人任せだった母も明くる年他界し
みなしごとなった僕ら兄弟四人はさながら籠の中のひな鳥
啼きわめけば餌を与えてはくれるものの
慈しみ寄り添う親鳥の姿はなく
成長するにつれて募る亡き母へのやる瀬ない慕情

物ごころがついてこの方
愛《いと》おしむ両手で抱かれた感触はおろか

温かい眼差しで見つめられたことも
優しい言葉であやされた記憶もない
だのに無性に母が恋しい毎日

はち切れんばかりの寂しさを流しに
裏の山際の川でひとり丸木橋の上に立つと
轟音を立てて流れる早春の雪解け水
すると　右手の空から左手の社の山頂へ
一瞬　藍色の空をよぎった天《あま》かける女性

——それはまぎれもなく三十路《みそじ》半ばで天国へ召された母
十四歳で異郷の鬼となるべく旅立つ決意をした
吾子《あこ》の行く末を案じたのか
それとも狂おしいまでの思慕の念が通じたのか

お人形のようだと言われた母が天女となって
別離を告げに出現した古里の夕まぐれ

きゃらぼく（伽羅木）

お前のどっしりした姿態が好まれる
成熟した大人に魅力があるように
年を経た樹は

ときにお前は封印された記憶を呼び戻す
――むかし　生家の裏庭
置き岩の上を跳び伝うと
楕円形の巨岩の上
そこはお座敷　かたえの傘形のきゃらぼく[*1]がおうち
従姉妹《いとこ》たちが桐葉《とうよう》のお膳　楓葉《ふうよう》のお皿に

赤い実のおまんまをにぎにぎしく盛りつけ
年長のぼくらはかしこまって招待されたことを

夏の日が丹念に仕上げた
赤い飯詰《えずこ》＊2の中で
めんこくご機嫌なのは
誰と誰の身代わりなのでしょう？

ときにお前は悲しい物語を再生する
——帰省中の叔父が毒をあおり
置き岩の上から池の鯉になろうとしたこと
きゃらぼくの築山《つきやま》を見渡せる二階の部屋で
死に神に取りつかれた父は
子供たちのざれごとに目をうるませ

生気《せいき》を失った妻の行く末を案じ
のろわれた身をひとり嘆いていた

ときにお前はわたしにこっそりささやいた
〈赤いおまんまをしこたまお食べ
そして大きくなったら
小鳥のようになあーれ〉と

ぼくの成長を見届けたきゃらぼくは
現在も健在で　ときに「お帰り!」と言う

＊1　アイヌ語でオンコとも言うイチイ科の常緑低木で、赤い果肉は甘い。
＊2　農村で乳児を入れて育てる稲藁製の丸かごで、いずめ、いじこ、えじこ、などと呼ばれていた。

きら星の記憶

それらはいつも遠くからやってくる
ひそやかに　次々と素速く
瞬時に現われては　程なく消え失せ
磁気テープのように再生を繰り返す

記憶の海からは　我先にと悔恨や悲しみの顚末《てんまつ》が飛び出す
父親の強圧的な阻止にすずり箱の小刀で盾突いた幼年どき
十代の初め　病床にあった父の死　そして相次いだ母の死
それからは　古里の豊かな自然環境が私の揺り籠

淡い意識の中で　記憶は過去の多くの人に巡り会わせる
青春時代を傀儡《かいらい》国・満州の辺境の地で暮らし
懐郷にすさんで暴動を起こした仲間達の童顔
シベリアの捕虜収容所《ラーゲリ》で　寒気と耐え難いひもじさにあえぎ
生還を打ちひしがれたあまたの青年新兵
戦後の再興を期す首都・東京のど真ん中で
駐留の兵士達に付きまとう売春婦達

折々の強烈な印象は　脳裡の記憶装置にデータ化され
私の人生のきら星となって　行く手を照らし
ときに　脚色されて詩や物語に昇華する

掲げる旗幟《きし》は高く

挫折は再生への礎石だった
幾度か不意撃ちに遭って奈落の底に蹴《け》落とされたとき
ぼくは必然的に自我に目覚めさせられた
溢れ出る弱気やおじ気をきっぱり霧散させ
象形文字や飛び交う音声のひだから漏れてくる
一縷の光明に目ざとく反応して
暗黒の激流を掻き分け　幾多の障害を乗り越え
この世の茫洋とした寄港地を目指して
意志の苦汁であざなえる荒縄に取りすがり

懸命にたぐり寄せた青春の日々

模糊として見果てぬ夢
追いかけても追いかけても遠のく理想
そして歳月は容赦なくぼくを羽交い締めにしようとする
すでにぼくの感性はひざを擦りむき
思考力の向こうずねには無数の引っ掻き傷
だが理念の湧泉である大脳の海馬を聖域として
ぼくは転がり出る創意とみち満ちてくる気力を奮い立たせ
子供のころ古里の川原で偶然見つけた蛋白石《オパール》の輝きを
いま一度取り戻したい

脱皮の極みに

ぼくは一時期を華やぎ精一杯生きる蝉だ
お袋のお腹からやっとこさ這い出して
裏手の松の木で初めて脱皮をなし遂げたとき
里は祝福の大合唱と踊り交わる豆明かりにみち満ちていた

ぼくが単なる蝉に飽き足らず二度目の脱皮を図ったとき
無垢で一途な蝶になって荒れる玄界灘を渡り
陸地では青虫に立ち返りひたすら匍匐《ほふく》前進で
行き着いた先はカササギの飛来する異境の地

戦火で夢破れ三度目の脱皮で蜻蛉となり雄飛した土地は
国の粋を集めた中枢部で至る所に夥しい地上の星
地面や地下を縦横に駆け回る工作物に圧倒されて戸惑ったが
現況を前進させようという意欲は片時も萎えなかった

ぼくが心機一転四度目の脱皮で蛇になったとき
持ち前の執念で未知の大地へ体をくねらせて入り込み
環境　人情　利便性もよしで
居ついた所が森に囲まれた理想郷《ユートピア》の丘

ぼくの最後の脱皮は土竜《もぐら》になって地中に活路を見いだすことだ
もぐりに潜って地球の中心にまで到達し
仲間たちと世界の国々に回線を張り巡らせて
平和な地球の再生にいささかでも貢献したい

遅い春

春の使者は　五歩進んで三歩下がる
いやいや　今年の使者は六歩も七歩も後退している
ようやくもたらされた柔らかい日射しの後の
北西からの肌を突き刺す寒風　そして降りしきるボタ雪

輪ゴムのように　いとも容易に伸縮をくり返す
ひねくれ者
いたずら小僧が気圧の道案内なのか
近づいていた春の使者を蹴散らし

専横に振る舞い　生き物に痛手をもたらす

宗谷海峡では遠ざかっていた流氷が再接近し
毛ガニかご漁や帆立漁がままならず
ちぐはぐな行為と逡巡をくり返す臆病な使者に
人里では群《むら》すずめが原因不明で大量死した

だが押しかける日長に　しびれを切らした福寿草が
雪をかき分け　ためらいながらも貌《かお》を出し
川辺では　せせらぎの高まる音に猫柳の穂が目覚め
湿地では　水芭蕉が雪白の苞《ほう》にくるんだ黄花を立ち上げ
待ちわびた春の美しい女神が　抜き足差し足で
ようやくその姿を現わした　（拍手）

晩秋の遁走曲《フーガ》

どこへ逃げ失せようとしているのか
あわてふためいて
腕白どもがすねているような仕草で

樹々から引きちぎられたプラタナス*の大葉が
大仰《おおぎょう》に悲鳴を上げ　群れをなし
風があおり立てる狂騒曲に便乗して
あわよくば脱出しようとする

晩秋の何気ない朝
目抜き通りのT字路の壁際で
立ち往生し　渦を巻き
天狗のうちわと化したおびただしい数の木の葉は
歩道をよろけるように歩く人を釘づけにし
時に猛烈な勢いで
通りがかりの車に追いつき　追い越し
フロントガラスの前で　懸命に哀願している群れも

散り敷いても　ここでは土に還れないことへの
抗議のあがきなのか
はたまた　最期を飾り立ててやろうとする
風の派手な演出なのか
南から西から

強制的に駆り立てられた大量の木の葉族が
終極の儀式として執り行う空中円舞

世間という樹木から不本意に命をもぎ取られた
人間《ひと》もまた　遥かな天空で乱舞し
地上に別れを告げているのだろうか

＊プラタナスは春遅く新芽を出し、秋に最も遅く葉を落とす樹木で、私の住む北海道・北広島駅の西側の通りでは、約二キロの並木が街の景観を印象づけている。

歩いて季節を拾う

自転車に乗るのは物憂《う》い　自動車も物かは
電車に押し寄せる人垣を流し目で見送って　自らは歩く
自然の移ろいや社会の出来事を脳裏に刻みつけながら
片意地を張り　町中《なか》をひとり陶然と歩む

赤ん坊は四つんばいを乗り越えて　立って歩こうとする
歩けることで　人は空腹を満たし　渇を癒やし　才知にも長《た》け
胸にあふれる情感や欲求を周りの人達に伝え
芽生えた希望を高々と掲げて　正道を歩もうとする

つつがなく生きていることの証《あか》しとして
新生の輝く春　爛漫解放の夏　成熟の秋　そして休眠の冬も
時には炎熱や酷寒の中をさえ　臆することなく　ひたすら歩む
後背地のわが街がすっかり夕闇に溶け入って　人工の蛍火《けいか》となるまで

より多様な思い出を持つ死者となるために
向上心が優柔不断な男の後押しをして　歩く
世界を股にかけて　自分らしい足跡を彼の地に刻みつけるのだ
友愛の言葉を交わし合うひとりの人間として

六月十日生まれのわたし

机の上で腕時計がひっそり時を刻んでいる
裏カバーには
「永年勤務感謝記念」の彫字
黄金の文字盤とカバーで
存在感と重みはあるけど

時を刻むのが止んだら
お前の寿命が尽きる時
とでも言うのか

秒針と追いかけっこをせよ
とでも言うように
毎日　毎時　毎分　毎秒　ムムム……

わたしがもの静かに息をつく
時計も押し黙って秒針を進める
時計が動きを止めてしまったら
――という強迫観念が
腫瘍のように
わたしの脳髄の中で日ごとに拡大していく

この腕時計とわたしが競い合ってから
とうに二十年を経ている
こうなったらどっちが先にお陀仏なのか

素知らぬ顔をして
燃え尽き症候群のわたしの余命を計っている
時計よ
おお　お前！

＊六月十日は「時の記念日」

III

YOSAKOIソーラン祭り

長くて暗い冬の虜囚《とりこ》から解き放されて
蘇った緑とライラックの花便りに引き付けられた老若男女が
人津波に合流して全国からどっと押し寄せてきた

人々はチーム毎に豪快であでやかな一匹の毛虫と化して
両桟敷《さじき》満席の舗道を思い思いの節足でうねり歩く
大観衆の前で栄誉ある美しい蝶に羽化しようとして
先頭の地方車《じかたしゃ》から発せられる威勢のよい掛け声と軽快な音楽に

気負い立つ踊り手たちのすっくとした背後が
燦《さん》々の日射しの下で縦横の躍動美をひけらかす

夜は電飾された先導車が街のネオンと照明器具《スポットライト》に浮かび上がり
群れの足がときに勢いづいて地面を踏みしめ
ときに鳴子《なるこ》を握った全員のこぶしが一斉に夜空を突き上げる

熱狂的に競い合った祭典のすべてが終わった夜半
ビルの谷間・大通公園の樹木や花壇に
見事羽化できた蝶の群れが感極まって全身を震わせていた

＊「YOSAKOIソーラン祭り」は、毎年六月八日頃から五日間、札幌市内で行われている舞踏祭で、参加チームは本道・本州・沖縄ばかりでなく、遠く台湾やロシヤ（サハリン）からも訪れている。

小天使の瞳に射止められて

駅の下りエスカレーターの中ごろで
母親の手に引かれた幼い子供がくるりと振り返り
上段のわたしをしげしげと見上げ
目が合うと　ばつが悪そうに伏し目になって前を向き
そしてまた向きを変えてわたしの顔をじっと見上げる

日曜日の閑散とした地下鉄の車両の中で
母親のそばに座らされていたおかっぱ頭の幼子《おさなご》が
反対側に座っているわたしと視線が合う

吸い込まれてとっさにほほ笑み返す
まばたきもせずにじっと射止められているのは　わたし

主婦たちでにぎわう夕暮れどきのスーパーマーケットで
品定めに狂奔している母親とは対照的に
行き交う人波に好奇の目を凝らす乳母車の中の幼子
わたしはまたもや清純な視線の矢に射止められ
どきっとして熱い血潮がこみ上げてきた

翼を持たなくとも　きみらはこの世の小天使
一点の曇りもないつぶらな瞳《ひとみ》で
奇怪なこの世の波間をクリオネ*のように泳ぐ

幼子から見つめられると　わたしは返す

必然的に　全身全霊のほほ笑みを

＊オホーツク海に二月流氷と共にやってきて、流氷と共に去る「流氷の天使」と言われるハダカカメガイで、貝のない貝の一種。

詩を読みたくなる時

いさかいがあった後何事も手につかず　むっとしている時
そう　そう　詩集でもひもとこう
世相を風刺し　社会現象をユーモラスに表現した作品を
すると　体面にこだわり続けていた頑なな心情が揺らぎ
めらめら燃えたぎる怒りの火を消し止められて
相手の立場を理解できるようになるだろう

あれもこれも思い通りにならず　意気消沈している時
そう　そう　詩集でもひもとこう

義憤のつぶやきと人生へのエールに満ちた作品を
すると　うっ積した思念にほんのりと理性の明かりが灯り
ふさぎ込んだ気分が次第に払拭されて
新たな希望がふつふつとたぎってくるだろう

魂がふ抜けて　自暴自棄に陥っている時
そう　そう　詩集でもひもとこう
人間《ひと》としての在り方をこの上なく誠実に吐露した作品を
すると　その高邁な精神に感化された自我が
いち早く　合点承知の助に変化して
落ち込みを修復し　生きる気力が湧いてくるだろう

謝罪します

「再見《ツァイチェン》!　明天見《ミンテンチェン》!」と言って
大草原の彼方に今日も大きな太陽が静々と退場して行ったことだろうか
そして裸馬にまたがった牧童たちが
鬱金《うこん》色の残光に染まりながら
牛の大群を草原の懐から集落に追い立てて行ったことだろうか

隣の集落に残留されていた劉《リュウ》一族や杜爾伯特《トルパトキ》*旗の人たちよ
ぼくたち異邦人は
「五族協和」という美辞麗句を旗印に

他人の家に上がり込んで飯を炊《かし》ぎ
他人の耕地に高粱《コーリャン》や玉蜀黍《とうもろこし》の種を蒔き
長閑で平和な集落から間接的にあなた方を追い出してしまった
これを蹂躙と言わずして
何と言おうか

塩基性《アルカリ》草原の砂丘で暮らしていた
純朴で善良な住民たちよ
今でもつるべ落としの井戸水は塩辛いことだろうか
あなた方はぼくらの入植行進を歓迎してくれた
だが　心の中のうつぼつたる感情は見抜けなかった
「開拓」とは何よりも荒野を切り開くことなのに
お金と強権で後の者が先住者を追い出すようなことになろうとは

ぼくはまだ十代半ばの
空想や夢みることが大好きな
無分別で無思慮な少年
「建国」という囃子詞《はやしことば》の尻馬《しりうま》に乗って
大勢で連れ立って未知へ駆り立てた若い頃の一途な思い
それが侵略だったとは

寛大で心やさしいあなた方へ
ぼくは心から謝罪します
ぼくがぼくでなくなる前に

＊龍江省林甸県（王大帽子）に隣接する蒙古民族の自治県所在地

文明開化の寄る辺ない岸辺で

幾つかの硝煙騒ぎが世界の裾野で起こった後　三千紀の黎明に
休火山の火口からむっくと貌を出した世紀の悪魔

華麗な高層ビルが森をなす資本主義のメッカ
ニューヨーク市マンハッタン区
そこで物質文明崇拝の偶像となっていた一対の金字塔が
衆人注視の中　文明の利器による空中体当たりで
紅蓮の炎と猛煙を噴いて瞬時に崩壊させられる
と　一体神以外の誰が予想し得たろうか

富国強兵を信奉して止まない統治者たちが率いる
産業資本主義国の執務者たちは
自動制御装置を備えた快適な部屋で情報を操り
世界金融市場の心臓部をもろ手でにぎりしめ
額に一滴の汗さえにじませず
マネー・ローンダリング競争に明け暮れる日々

一方　文化の明かりが灯らない文明の果てアフガニスタンでは
明日のナンを焼く材料にも事欠く暮らし
牙をむく巨獣の侵入　割拠する豪族間の内輪もめで
若者たちは閉塞感と明日への絶望感にうめく

こんなとき理《ことわり》はどうあれ過激な発言が神の声

岩山の地下水路での謀議　練り直される秘策
小躍りして湧出する純水に勇み立ち
幾つかの途方もない脅迫状を送りつけてきた無頼漢たち

雪山に幾度か遅い春が訪れて罌粟《けし》の花が原野を朱に彩るころ
洞窟の中を自在に飛び回る蝙蝠《こうもり》の群れに
カリスマ教祖のひと言　「ひと泡吹かせろ！」を合い言葉に
操りコマンドたちが大挙して大海原を飛び越え
覇者の喉仏に潜入

決行日　偶然乗り合わせた客も一蓮托生
旅客機は突然方向を変えて秒速の笞《しもと》と化し
理念の象徴を鞭打つこと　一擲《てき》　二擲　三擲……
天地を切り裂く轟音　噴出する猛煙・猛火

二千八百余人を呑み込んだまま百十階の双子のビルは
雪崩現象で瞬時に崩壊

この奇想天外な不意打ちに動転し狼狽した米国とその同盟国が
気を取り直しアフガニスタンの悪の巣窟に突撃
暴力は残酷なシーソー・ゲームとなって民衆の上に跳ね返り
テロと復讐の諸刃の災難に
あたら命を落とした数千の良民こそ哀れ
そして科学兵器を駆使しての猛攻撃に
首謀者オサマ・ビンラディンとその仲間は一体どこへ？
得意のもぐら戦術で地球の裏側へ　それとも
ヒンズークシ山脈の地下水道をボートに乗り同胞の国へ？
生死不明が不気味な尾を引いて再テロの風説に脅かされる世界
首謀者一味の消息——それは世紀の謎と思われていたが

アメリカ諜報機関の十年に亘る執拗《しつよう》かつ綿密な捜索によって
アフガンの隣国パキスタンの首都近郊・住宅地で
あえなく発見され　襲撃され　殺害されて
二十一世紀最大の謎解きは終息した

あとがき

「歳月人を待たず」という言葉があるように、月日の経つのは実に速いものです。詩集『黄砂蘇生』を刊行してからあっと言う間に約十年の歳月を経過してしまいました。勿論この間、アンニュイな精神状態で暮らしていた訳ではなく、ルーマニアや中国の出版社から選集を出版してはいましたが、指折り数えてその間遠さに驚き、急遽出版することになりました。

それからもう一つ、今回の出版にこだわった理由、それは私が本格的に詩を書き始めてから六十年になるからです。私が明治学院大学二年生のとき、ある方との運命的な出会いがありました。私が受講を終えて、川崎市檜ヶ崎の学生寮舎に帰ろうとして東急の大井町線に乗車したときに、「日本未来派」の詩人・上林猷夫氏と偶然隣り合わせに座り、ワーズワースの翻訳文庫本に目をやっている私に、「詩が好きかい？」とお声を掛けて頂いたのが縁で、会合だけでなくやがてご家庭へも訪れて、シベリア抑留の体験をお話すると、それを作品化するように勧められたので、勉学の傍らまとめ上げ、上林氏の斡旋で四年生の初夏に、第一詩集『黒龍江附近』を上梓することができたのです。

爾来、曲りなりにも作品を書いてきて、この度詩作の還暦を迎えました。顧みて、自らの作品を分析することは不可能ですが、詩集を送呈した方から頂いた礼状などによりますと、私の作品は気取りや衒いがなく、簡潔で読み応えがあるとのことでほっとしております。

今回の作品は前詩集『黄砂蘇生』以降に書かれたもので、この間所属している北海道詩人協会の年刊『北海道詩集』や地元の「文芸北広島」、北海道新聞、「パンと薔薇」、また中央の詩の総合雑誌「詩と思想」、更に日本詩人クラブの『日本現代詩選』、日本現代詩人会の『資料・現代の詩』などに掲載された作品であります。

最後になりましたが、この度の出版に際し、お世話になりました思潮社の小田久郎会長と康之専務を始め編集部の皆様に、心より感謝を申し上げます。

二〇一一年　仲春

大貫喜也

大貫喜也（おおぬき・よしや）

一九二六年山形県生まれ。日本詩人クラブ永年会員、日本現代詩人会会員、日本文藝家協会会員、北海道詩人協会理事、世界環境文学協会理事、北広島市文芸協会顧問、世界芸術文化アカデミー会員（名誉文学博士）

詩集（国内から）
『黒龍江附近』一九五四年、協栄堂書店（シベリア抑留詩集）
『愛と化身』一九六一年、光線書房
『眼・アングル』一九六三年、光線書房（第1回北海道詩人協会賞）
『幽愁原野』一九七七年、北海詩人社（日本図書館協会選定書）
『死への遊牧』一九八二年、芸風書院（日本現代詩人叢書No.36）
『小銃と花』一九八六年、思潮社
『年賀の中の十二支』一九九一年、思潮社
『北の街』一九九五年、北方圏詩社
『黄砂蘇生』二〇〇二年、思潮社（第36回北海道新聞文学賞、北広島市文化賞）

詩集（外国から）
英・仏語対訳『ＴＨＥ　ＣＯＳＭＯＳ』二〇〇四年、スタンダード　パブリッシュイング　ハウス　ルーマニア
英・スペイン語対訳『ＥＬ　ＣＯＳＭＯＳ』二〇〇五年、スタンダード　パブリッシュイング　ハウス　ルーマニア
日・中国語対訳『精選大貫喜也詩集』二〇〇九年、羅興典選訳、南京市・訳林出版社

現住所　〒〇六一―一一四一　北海道北広島市青葉町二丁目一―七

宙《そら》を飛《と》んだ母《はは》

著者
大貫喜也《おおぬきよしや》
発行者
小田久郎
発行所
株式会社思潮社
〒一六二―〇八四二　東京都新宿区市谷砂土原町三―十五
電話〇三(三二六七)八一五三（営業）八一四一(編集)
FAX〇三(三二六七)八一四二
印刷・製本
創栄図書印刷株式会社
発行日
二〇一一年十月三十一日